큰언니

큰언니

전하리 글·그림

북하우스

새마을운동이 한창 시작되던 그때
너른 공터에는 여지없이 '새마을운동' 이라는 푯말이
세워져 있었다.

머지않아 와룡동 산동네에도
우리도 한번 잘 살아 보자는 구호 아래 새로운 마을을
선보일 듯 폭풍 전야 같은 고요한 날들의 연속이었다.

그날도 윤 씨 할아버지네 뒷마당에는
새마을 사업을 하기 위한 공사 자재가
허름한 담벼락 한 모퉁이를 차지하고 있었다.

"야호!!
드디어 내게로 돌아왔다!"

5학년 승자의 환호성은
와룡동 하늘을 새처럼 날았다.

머리채라도 휘어잡고 한바탕 싸움이라도 벌인 양
온통 헝클어진 머리칼의 넷째 미숙이는
쓰러질 듯 창백한 얼굴로
석고처럼 굳어 땅바닥을 바라보았다.

셋째 미경이의 얼굴에도
절망의 그림자가
밤하늘처럼 짙게
드리워졌다.

가느다란 긴 머리가 바람에 나풀거려
미숙이의 얼굴은 이목구비의 윤곽조차
찾아보기 힘든 모습이었다.

미숙이의 모습을 애타게 바라보는 미경이의 마음은
까맣게 타들어갔다.

양 갈래로 곱게 머리를 묶은 뽀얀 얼굴의 승자만이
해맑게 웃고 있었다.

"다…… 모두 잃었다아! 언니야……."
커다란 눈망울의 미숙이는 금방이라도 울음을 터뜨릴 듯
꼭 다문 입술이 가늘게 떨렸다.

단발머리에 둥근 얼굴의 미경이는
다급한 얼굴로 승자에게 사정을 하기 시작했다.
"승자 언니! 부탁이야.
한 개만! 딱 한 개만 주라아 엉?
언니야아."

미경이의 말을 아랑곳하지 않은 승자는
힘 있게 일어섰다.

"게임은 게임이야!
졌으면 그만이지,
그깟 실핀 한 개를 어디다 쓴다고 달라고 난리야?"
5학년 승자는 휭하니 황토 바람을 휘날리며
뒤돌아섰다.

"어……어 언니, 미……미숙이 머리에다가
핀 하나만 꽂아주게."
미경이는 처절하게 승자의 옷자락에 매달려
애원했다.
"딱 한 개만……."

승자는 노란 고무줄에 자랑처럼 실핀들을 매단 채
인상을 찌푸리며 더욱 힘찬 걸음을 재촉했다.

승자 치마에 달린 주머니 안에, 솔잎처럼
삐쭉 튀어나온 실핀들의 형체는 미경의 가슴속
솜방망이질 소리를 더욱 크게 만들었다.

"저 핀이 어떤 핀들인데.
크호호흑! 승자 언니야, 우리 언니야가 알면…….
언니, 제발……. 한 개만이라도……."

뒤돌아 집을 향하는 승자의 옷자락에 사활을 걸며
끝없이 조르는 미경이의 그 모습은
오히려 승자에게 끌려가는 듯 보였다.

그도 그럴 것이 승자는 5학년이고,
미경이는 2학년이었다.
더군다나 미경이는 때때로 밀가루죽도 제때 먹지 못해
제 학년보다도 훨씬 작아 보였다.

승자는 미경이의 언니 미화와
같은 반 동갑내기 친구였던 것이다.

"못 가! 언니!
언니야아, 제발~~~!"

"어차피 게임은 끝났으니
미숙이 머리에 꽂을 핀 하나만……."

"딱 한 개만이라도 주라아.
우리 언니가 이 사실을 알게 되면……."

"흑흑!"

"언니야아, 딱! 딱 한 개만……."

그때였다.

"너희들!
너희들 지금 뭐 하는 거야!"

막내 미영이를 업고
엄마 심부름으로 시장에서 대파를 사가지고 오던 미화가
승자의 치맛자락을 밧줄처럼 잡고 끌려가던
미경이의 모습을 보며 소리쳤다.
호랑이 같은 목소리엔 한기마저 느껴졌다.

뜨아아악
미경이와 미숙이는 딱 벌어진 입을 다물지 못했다.

호랑이띠에 걸맞은 엄청난 성깔을 가진 미화가
호령하듯 이들을 불러 세운 것이다.

작은 엉덩이가 튀어나오도록 막내 미영이를 업고 다니며
둘째가라면 서러울 만큼 동생들을 챙기던 미화는
미숙이의 풀어 헤쳐 헝클어진 머리칼을 보자마자
모든 상황을 알아차렸다.

"머……머리카락이 왜 이래!
언니가 아침에 꽂아준 실핀들은 다 어디 간 거야! 엉?"

동생들의 옷매무새까지 엄마처럼 챙겨주던
미화는 그날 아침도 참빗에 물을 묻혀
동생 미숙이의 머리를 정갈하게 단장해주었던 것이다.

"너희들 지금 승자 언니랑 뭐 한 거야!"
승자는 미화의 목소리에 화들짝 놀라
손목에 팔찌처럼 낀 실핀 꾸러미를 몸 뒤로 감추느라
제정신이 아니었다.

"응? 승자 언니랑 뭐 했냐니까?"

노려보는 미화의 호랑이 눈이 금방이라도 튀어나와
자신들을 잡아먹을 것 같았다.

미화 언니가 화가 나면 엄마보다 무서웠기에
미숙이와 미경이의 표정은
석고처럼 단단히 굳었다.

동생들이 승자와 무엇을 했는지 몰라서가 아니라
승자는 놀이 대상이 아님을
확인시켜 주려는 물음이었다.

게다가 편 따먹기 같은 게임은
더더욱 상대가 안 되는 게임이었다.

승자는 푸른 하늘을 올려다보며 팔짱을 낀 채
보란 듯 여유 있게 발가락으로 장단을 맞추고 있었다.
"흥!"

승자의 승리의 콧방귀가 하늘을 찌르던 순간에
미화는 입을 열었다.

"승자 너! 치사하게 내 동생들하고 핀 따먹기 내기 했니?"

얼마 전 자신의 실핀을 미화에게 다 잃고 기회를 노리던 승자가
마침 조금 전 심부름을 가는 미화를 보고
이내 동생들을 찾아가
실핀을 되찾는 복수를 펼쳤던 것이다.

승자는 마음만 먹으면 실핀뿐 아니라
꽃핀도 얼마든지 살 수 있는 부잣집 딸이었다.

그 당시 여자애들 사이엔 머리에 꽂는 핀 따먹기 놀이가
유행처럼 돌고 있었다.

미화는 친구들에게서 따서 한 개, 두 개, 모아 둔
실핀을 보물처럼 성냥갑 속에 숨겨놓곤 했다.
붉은 녹이 후드득 꽃잎처럼 떨어지던 낡은 머리핀도
버리지 않고 모아 두는 지독한 살림꾼이었다.

그런데 오늘
미경이가 그 성냥갑을 통째로 들고 나와 미화가 쌓아놓은
오랜 시간의 공을 여지없이 무너뜨렸던 것이다.

미화로서는 참으로 참기 힘든 상황이었다.

가난한 살림에 넷이나 되는 자매들의 머리칼에
사치를 부릴 만한 여유가 없었기에
더욱 그러했다.

"이 경기는 공정하지 못했어!"
미화는 승자를 향해 냉정한 어투로 말했다.

"졌으면 그만이지 떼거리로 몰려들어 말들이 많아 진짜!!"
승자는 붉어진 얼굴로 하늘을 보며 순간 숨을 들이마셨다.

끈끈한 가족애로 뭉친 자매들이 한꺼번에 달려들면
승자는 꼼짝 없이 당할 게 뻔했다.

4대 1이라는 불리한 계산 속에서

더 이상 상대하고 싶지 않다는 듯

도망치듯 뒤돌아서며 말했다.

"거지 떼같이……!"

겨우 핀 한 통 가지고 따지며

자신을 바라보며 부르르 떠는

검정콩알 같은 눈들을 향해 승자는

순간, 해서는 안 될 심한 말을 한 것이다.

"너! 너! 지금 뭐라고 했어!

당장에 거기 못 서!!"

승자가 내뱉은 '거지'라는 말을

들은 미화는 이윽고

뒤돌아 가는 승자의 머리채를

잡고 말았다.

"아! 아! 아~~악!"
뒤돌아서던 승자의 묶은 머리칼을
화가 머리끝까지 나 있는 미화가 낚아챘다.
사실 미화는 화가 나면 물불을 안 가리는
다혈질의 소유자였다.

"에잇!!"
부잣집 외동딸로 자기 위에
세상이 없던 승자는
그 자리에 멈춰 섰다.

"어! 너 내 머리 다 헝클어졌어!"
방울 고무줄 사이로 빠져 나와 말꼬리처럼 축 처진
자기 머리를 매만지며 승자는 미화를 향해 소리쳤다.

"좋아! 너, 나랑 해!"
미화는 자기의 앞머리에 꽂혀 있던 녹슨 실핀 두 개를
머리칼에서 떼어내며 말했다.

억센 힘과 오기로는 도저히 못 당하는
사납쟁이 미화를 보며 승자는 울며 겨자 먹기로
보따리처럼 묶여 있던 실핀들을 풀며 말했다.

"좋아! 이 못난이 기지배들아!
그것마저 잃고 엉엉 울지나 마라~~~!"
그깟것 잃어도 그만이라는 말투의 승자는
서둘러 실핀을 꺼내었다.

미화의 등에 업혀 있는 막내 미영이는
손가락을 더욱 힘 있게 빨며 그 광경을 내려다보고 있었다.

온 몸의 촉각을 손끝에 모은 미화는
오로지 잃은 핀을 되찾으려는 생각만으로 가득 차 있었다.

"꼭 되찾을 거야."

미화의 녹슨 머리핀이

마른 땅 위에서 덤블링 하듯이 뒹굴더니

날쌔게 승자의 실핀을 향해 달려들었다.

미화의 야무진 손끝이 진가를 발휘하는 순간인가?

큰딸 미화…….

엄마가 밤새 뜨개질하던 털실 꾸러미를
집안일로 잠시 내려놓으면
실뭉치가 바구니에 그대로 담겨 있는 것을
보아넘기지 못하고
목도리나 장갑을 척척 완성해내는
손끝 여문 맏딸이었다.

미숙이의 예쁜 얼굴이
형체를 드러낼 순간이 오고 있는 걸까?

"얏호!"
드디어 언니의 작전이 성공을 하는 순간이었다.

"역시! 우리 언니야. 최고!!!"
미숙이와 미경이는
박수를 치며 춤추고 뛰며
좋아했다.

영문도 모르는
세 살배기 미영이도
덩달아 팔을 흔들며
웃었다.

시간이 지날수록 승자의 표정엔
어두운 그림자가 역력했다.
네 자매의
뜨거운 기운에
기가 눌린 듯한
모습이었다.

미경이는 하나 둘,
자신의 품에 다시 들어오는 검정색 실핀들을 바라보며
행복한 오페라를 즐기고 있었다.

형제 없는 자의 외로움을 누가 알리요.
식은땀이 비 오듯 흘러내릴 때
승자는 차라리 그 자리에서 울고 싶었다.
독한 기지배 미화에게 실핀을 다 잃고 만 것이었다.

승자는

패배자의 분노에

부르르 떨며

두 주먹만을 불끈 쥔 채

호랑이 미화를 노려보았다.

"너희들, 또다시 승자 언니랑 핀 따먹기 내기 하면
이 언니가 가만두지 않을 거야!"
미화는 미숙이의 머리칼을 가다듬고
핀을 꽂아주며 말했다.

미화의 머리에 꽂은 실핀 두 개로
승자의 꽃핀까지 되찾은
역전의 순간이었다.

"역시 울 언니야! 울 언니야가 최고야!!!"
막내 미영이를 업고 앞서 가는
큰언니 미화의 긴 그림자 그늘에
동생 미경과 미숙이는 무한한 행복을 느꼈다.

미숙이의 머리칼에는 아침보다 많은 여러 개의 실핀이
훈장처럼 꽂혀 있었다.

해바라기의 무거운 얼굴이
여문 씨들을 토해낼 듯
바람에 멀미하며 흔들리고 있었다.

마당 담벼락에 서 있는 노란 해바라기 앞에서
미숙이와 미경이는 낮의 실핀 사건을 까마득히 잊은 채
서로 껑충거리며 키 재기 노래를 불렀다.

해바라기 아래 심어진 주홍빛 채송화들을
혹여 밟기라도 할까
좁은 뒷마당을
조심스럽게
뛰고 있었다.

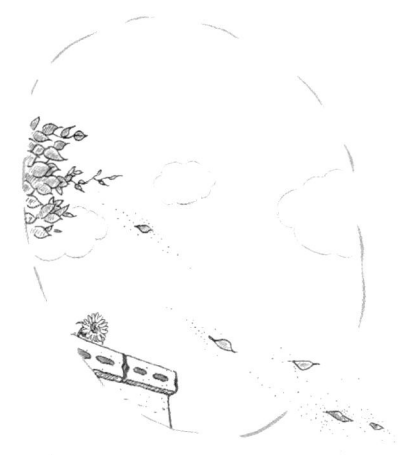

"해바라기는 키도 크다 키도 크다.
아기가 살짝 키 대보고 내가 살짝 키 대보고
해바라기는요, 아빠 키보다 크다."

어느 날 아빠 키보다도 훌쩍 커버린 키다리 꽃
해바라기를 바라보다
이내 목이 마른 미경이와 미숙이는
병아리처럼 하늘 목을 축이려
동시에 항아리에 담겨 있는 물을 향해 달려갔다.

덜그덕 덜그덕
플라스틱 바가지가 요란한 소리를 내며
항아리를 울리고 있었다.

"어……언니야 조심해."

항아리에 몸이 반밖에 걸쳐져 있지 않은
미경이의 작은 엉덩이를 붙잡으며 미숙이가 말했다.

"물이 바닥에 깔려 있어."
"에잇! 에잇!"

미경이는 어떻게든 물을 담아보려고 플라스틱 바가지를
왔다갔다거리며, 순간순간 숨도 멈추면서 집중하였다.

"아, 목말라."

미경이의 메마른 목소리가
항아리 속에서 덧없이 메아리칠 때
계집애 같은 얼굴의 더벅머리 앞집 길수가
헉헉거리며 달려왔다.

"아줌마!"

막내딸 미영이를 옆에 앉히고
이제 머지않아 태어날 막내 아기 맞을 준비로
엄마의 손은 더욱 바쁘게 움직이고 있었다.

툇마루에 앉아 방망이로 두들겨 빤
형광빛마저 감도는 하얀 속옷가지들을 개던
부지런한 엄마에게 달려온 길수가 말했다.
"동사무소 앞에 물차가 왔대요!"
개던 빨래를 내려놓고 까까머리 길수의 손을
다정하게 잡으며 엄마가 말했다.
"그래? 착하기도 하구나!"

"물차가 오는 날은 내일인데, 이제 자주 오는구나!
고맙구나, 길수야!"

"받아놓은 빗물도 거의 다 쓰고
이제 밥할 물만 겨우 남아서 걱정하고 있었거든."
길수의 뿌듯한 눈을 바라보며 엄마는 친구처럼 이야기했다.

가난하고 어려운 살림에도 단 한 번도 웃음을 잃지 않은
찔레꽃처럼 소박하며 사랑 가득한 육남매의 어머니.

엄마는 개던 빨래들을 한쪽에 모아놓곤
서둘러 부엌으로 향했다.

큰언니 51

"이상하다!
분명히 여기에 있었는데?"
부엌과 광문을 오고가며 두리번거리던 엄마는
다시 앞마당으로 달려나와 항아리 앞에서 놀고 있는
미숙이와 미경이를 향해 말했다.

"미경아! 물지게 못 봤니?
물 초롱이며 물지게며 아무리 찾아봐도 없구나!"
엄마의 안타까운 두 손엔 이미
메마른 양동이가 들려 있었다.

함석으로 만든 물 초롱은 장난감이 드문
산동네 아이들에게 때로는 장난감을 대신했다.
언젠가 미경이가 연탄집게와 국자로 장단을 맞추다가
구멍을 낸 이후엔 금기 물건이 되었기에
미경이의 안중에는 그저 까마득한 물건일 뿐이었다.

"못 봤는데요, 엄마!"

미경의 말이 땅에 떨어지기도 전에

엄마는 어느새 양동이를 들고 비탈길을 내려가고 있었다.

"아이고.
벌써 줄이 기네."

20미터나 되는 물동이들이
사람들보다 먼저 와 있는 듯 보였다.

물차에 담긴 물이 언제 끊어질 줄 모르는 상황인지라
엄마의 목은 더욱 타들어갔다.

뒷줄에 서 있는 사람들은
들고 나온 빈 통을 도로 들고 가는 상황도
종종 일어났기 때문이었다.

그래도 혹시나 차례가 오겠지 믿어보며 마음먹은 엄마가
들고 나온 양동이를 땅바닥에 내려놓으려는 순간이었다.

"엄마!
여기예요! 여기!
여기요, 엄마!"

멀리 큰딸 미화가 두 팔을 흔들며 엄마를 부르고 있었다.

가난한 살림에

부끄러울 정도로 억척스럽게 변해버린

큰딸 미화를 바라보며 엄마는 안타까움에

자신도 모르게 코끝이 시큰해 오는 걸 느꼈다.

언제 왔는지 맨 앞에 물지게를 지고 서 있던
미화를 바라보며 엄마는 말했다.
"어떻게 알고 이렇게 일찍 나와 있었니?"
"아까 낮에 엄마 심부름으로 파 사러 시장에 가다가
통장 아저씨가 벽보를 붙이는 것을 보고 알았어요."

그랬다.

미화는 승자에게서 동생들의 핀을 되찾아 주곤

집에 오자마자 말없이 물 초롱을 지고 곧장 나갔던 것이다.

"얼마나 기다린 거야?"

길게 늘어서 있는 물 초롱들로 보아

족히 두어 시간은 서 있었을 것을 생각하며

엄마는 은근히 속이 상했다.

'어린것이…….'

가난한 살림에 동생이 주렁주렁 넷이나 되는 미화가……

그 무거운 어깨가 늘 미안했기에

엄마는 마음속에 한없는 강물을 흘려보내고 있었다.

"엄마! 힘드신데 양동이는 왜 가지고 나오셨어요?"

미화는 엄마 손에 들려 있던 양동이를

빼앗으며 말했다.

그때 물을 받으려 길게 늘어서 있는 사람들이 수군대고 있었다.

"맏딸은 그러게 살림 밑천이라잖수!"

"나는 아까 쟤가 물 초롱 지고 가는 것 보고

오늘 물차 오는 날이구나 하고 알았당게요?"

"쟨 누굴 닮아서 사납고 저렇게 극성이래요?"

"에미 애비는 더없이 착한 사람이더구먼."

"쟤 눈, 죽 찢어진 것 좀 보세요."

"전에 제 동생들을 어떤 애가 괴롭혔다고

그애한테 얼마나 사납게 하던지."

혀를 내두르며 사람들은

이구동성으로 미화를 이야기하고 있었다.

찌리릿!
사나운 미화의 눈초리가
자신에 대해 이야기하는 사람들을 향했을 때
사람들은 능청스러운 헛기침을 하며
각자의 하늘을 바라보았다.

"아무튼 보통은 아니에요."

누군가가 종지부를 찍는 말을 내뱉고 나서야
미화는 겨우 도마 위에서 내려올 수 있었다.

이윽고 시원한 물방울이
양철 물 초롱에 노래하듯 소리내며 쏟아졌다.
"아저씨! 쪼끔만, 쪼끔만 더요!"
"가득 채워 주세요. 오, 조금 더요오."

한 방울이라도 더 많이 받아 보려는
큰딸 미화의 말을 자르고 엄마가 이야기했다.
"아니에요, 그만 됐어요 아저씨!
아까운 물 다 흘리겠어요. 그만 주세요!"

"미화야 너무 많이 받으면 길에 다 흘린단다."
엄마는 미화의 억지를 꺾으며 물 초롱을 옮겨놓았다.

한쪽에 가득 물을 담아 놓은 물 초롱을
미화에게 지키고 있으라며 부탁한 엄마는
서둘러 물이 담긴 양동이를 들고
뒤뚱거리며 집을 향해
걸어갔다.

쏴아아아.
맑고도 시원한 물이
자유로운 바다를 항해하듯
항아리 속에서 출렁인다.

이윽고 또 하나의 양동이가 항아리 속에 담기려
주둥이에 놓일 때
큰딸 미화의 힘겨운 목소리가 엄마에게 들려왔다.

"엄마~~"

큰언니 71

양 어깨에 물지게를 지고
재빨리 뒤쫓아 온 미화를 바라보는 엄마는 놀랐다.

"어……엄마가 기다리고 있으랬잖아!
누가 무겁게 메고 올라오랬어!
엄마가 지고 오면 되는데……."

엄마는 미화가 들고 온 물 초롱을
받아 들었다. 물초롱 안에는
반쯤은 어딘가에 흘리고
반쯤 남은 물이
흔들흔들거리고 있었다.

미화는 생각보다 줄어든 물을 보며
괜히 욕심을 부렸나 후회했지만
그래도 물 욕심을
버릴 수가
없었다.

한 방울이라도
남들보다 더 지고 와서
엄마에게 보탬을 주고 싶었던
것이다.

여섯째 아기를 가진 만삭의 몸으로
조금만 무리하면 배가 똘똘 뭉친다고
힘들어하는 엄마의 모습을 보며
아버지가 없는 날엔 장남 명호가 늘 물지게를 졌다.

빨갛게 달아오른
미화의 붉은 볼에는
구슬만 한 땀방울이
이마에서부터 흘러내렸고
심장 뛰는 소리는 다듬이질하듯
큰 소리로 뛰고 있었다.

물 초롱에 담긴 물을 항아리에 붓기 전에
엄마는 찬장으로 달려가, 몇 개 안 되는
귀한 사기그릇을 꺼내 방금 길어온 싱싱한 물을 담아
미화의 입술에 갖다 대주었다.

"목 많이 말랐지?"
엄마는 막내 미영에게처럼
큰딸 미화에게 물을 먹여주었다.

"아! 이제야 좀 살 것 같아요. 물맛이 꿀맛 같아요, 엄마!"
빈 사기그릇을 받아 찬장에 올려놓기도 전에
미화는 어느새 텅 빈 물 초롱
두 개를 집어 들었다.

"엄마! 저 또
물 길으러 갈게요."

"미화야! 엄마가 갈게,
넌 동생들이나 돌봐주렴."
하지만 미화는 엄마의 말끝을 뒤로 하고
어느새 언덕 아래에 길게 서 있는 물 초롱들을 향해
달려가고 있었다.

푸르른 나뭇잎들

불어오는 산바람을 가르며

미화는 물지게를 등에 지고 달려가고 있었다.

"큰딸 미화야.

물 초롱보다도 무거운 짐을

내가 너에게 지워 준 것 같구나.

그러기에 엄마는 언제나 너에게 미안한 마음뿐이란다.

사납쟁이 내 딸, 사랑하는 내 딸 미화야……."

산등성이 아래로

물 초롱을 어깨에 메고 달려 내려가는 맏딸 미화를

엄마는 그렇게 선 채 하염없이 보고 또 보고 있었다.

엄마의 가슴이 지는 노을보다 빨갛게 타던

어느 여름날의 이야기였다.

언니,

오래전 그 시절엔

수돗물조차도 거친 숨을 헐떡이며

힘겹게 산동네를 올라오곤 했었지

수도 시설이 미비했던 그 시절

그러기에 새벽마다 아버지는 물 초롱을 지고

삼청동 높은 산골 속으로 옹달샘 물을 길으러 가셨었지

좁은 어깨에 겨우 걸쳐 메어진

돌덩이처럼 무겁던 물지게……

그날 어린 언니가 지고 온 물 초롱의 맑은 물들은

어쩌면 엄마의 시린 눈물이었을지도 몰라

언니,

그 시절 그 많던 물지게

물 초롱들은 다 어디로 가버린 걸까?

언니의 그 물지게 지는 솜씨를 다시 보고 싶은데……

이젠 내가 언니 대신 져주고 싶은데 말이야

그때 서럽게 흐르던

엄마의 그 뜨거운 눈물도

닦아드리고

싶은데…….

와룡동의 아이들 4
큰언니
ⓒ 전하리 2008

초판 인쇄 | 2008년 3월 3일
초판 발행 | 2008년 3월 10일

지 은 이 | 전하리
펴 낸 이 | 김정순
펴 낸 곳 | (주)북하우스
출판등록 | 1997년 9월 23일 제406-2003-055호

주   소 | 413-756 경기도 파주시 교하읍 문발리 파주출판도시 513-8
전자메일 | editor@bookhouse.co.kr
홈페이지 | www.bookhouse.co.kr
블 로 그 | blog.naver.com/bookhouse11
전화번호 | 031-955-2555
팩   스 | 031-955-3555

ISBN 978-89-5605-231-1 03810
978-89-5605-220-5 (세트)

이 도서의 국립중앙도서관 출판도서목록(CIP)은 e-CIP 홈페이지(http://www.nl.go.kr/cip.php)에서
이용하실 수 있습니다.(CIP제어번호:CIP2008000464)